投筆從戎
古代風雲劇場

胡懷琛

商務印書館

本書選自商務印書館「小學生文庫」《故事劇》1-4 冊，文字內容
有刪節修訂。

投筆從戎 —— 古代風雲劇場

作　　者：胡懷琛
責任編輯：洪子平
出　　版：商務印書館 (香港) 有限公司
　　　　　香港筲箕灣耀興道 3 號東匯廣場 8 樓
　　　　　http://www.commercialpress.com.hk
發　　行：香港聯合書刊物流有限公司
　　　　　香港新界大埔汀麗路 36 號中華商務印刷大廈 3 字樓
印　　刷：美雅印刷製本有限公司
　　　　　九龍觀塘榮業街 6 號海濱工業大廈 4 樓 A
版　　次：2016 年 7 月第 1 版第 1 次印刷
　　　　　©2016 商務印書館 (香港) 有限公司
　　　　　ISBN 978 962 07 0414 7
　　　　　Printed in Hong Kong

目錄

晏嬰使楚

本劇説明

晏嬰是二千五百多年前春秋時代齊國著名的政治家和外交家，曾出使到楚國，尋求合作。當時，楚國君臣想方設法去貶低晏嬰，而他卻機智地保衛了個人及國家的尊嚴。本劇就是根據晏嬰出使楚國時的故事改編而成。

登場人物 晏嬰（齊國的使臣，身材矮小）楚王

楚臣楚卒若干人　楚吏一人　強盜　齊

使的從者若干人（皆作古裝）

佈　　景 一座古代國王的宮殿。宮殿的正門緊閉

着，在正門的旁邊，另開一扇小門。

開　　幕 楚王坐在宮殿上，楚臣坐在他旁邊。楚

卒八人立在殿下，兩人守在門外。

楚　王 （向楚臣）齊國的晏嬰出使到我

國來，今天就要到了。那晏嬰

是很會說話的，我們在和他談

話時，千萬要留心，切不可被

他說贏了，讓他看不起楚國。

這關係到國家的榮辱，我們不

可疏忽。

楚　臣 殿下說得是。但請放心！我們

早已佈置好了，不等他說話，我們先來挫折他一下，使他知道楚國的利害。以後，我們談話就容易了。我們就照昨天預先商議定的三條計策行事，看他如何。

楚　王　這樣說，很好！我們就照昨天預先商議的三條計策行事，看他如何。

楚　臣　（向殿下楚卒）宮門旁的小門，已開闢了麼？

楚卒甲　（走上前來跪下稟說）已開闢了！

楚　臣　齊國的使臣，已快要來了麼？

楚卒甲　早已派人到城外去探聽，此時還沒有來。

楚　臣　　探聽的人回來時，你早來通報。

楚卒甲　　得令！（下）

（楚卒丙匆匆上，至宮門外。）

楚卒丙　　齊使已經來了！此時已進城，
　　　　　立刻就入宮來。（下）

楚卒乙　　（即守門卒，向宮內大聲喊。）齊
　　　　　使已經來了！此時已進城，立
　　　　　刻就入宮來！

楚卒甲　　（走上殿前來跪下稟說）稟大夫：
　　　　　齊使已經來了！此時已進城，
　　　　　立刻就入宮來。

楚　王　　（向楚臣）大夫且去招待！

楚　臣　　是！臣去招待。（起身走下殿
　　　　　來，慢慢的步到宮門外。）

（齊卒若干人，引晏嬰上。立在宮門外。）

楚卒乙　　（向楚臣）稟大夫：齊使來了！

（楚臣忙走過去，與晏嬰行相見禮。）

晏　嬰　楚王好啊！楚大夫好啊！

楚　臣　齊王、齊使都好！

晏　嬰　晏嬰不才，但也是齊國的使
　　　　臣。奉了齊王之命，不遠千
　　　　里，到楚國來，問楚王安好，
　　　　楚國為何不招待？

楚　臣　豈敢不招待！（作懷疑的樣子）

晏　嬰　既然招待，為何關閉了宮門？
　　　　（指着關閉了的大門說）

楚　臣　（指着旁邊的小門）這裏還有一
　　　　扇門。敝國國王聞說齊使身材
　　　　矮小，不必開大門，只從這扇
　　　　小門進出，就行了。

晏　嬰　（略有怒意）這扇小門，像是狗
　　　　洞，晏嬰出使，不知是到人

國，還是到狗國？如到狗國，
晏嬰便從狗洞進去；如到人
國，就不應該從狗洞進去。請
問楚大夫：這是人國，還是狗
國？

楚　臣　這是敝國錯了。應請齊使從大
門進去！（向守門卒）快把大門
開了，請齊使進去。

（守門卒把大門開了，晏嬰和他的從者皆從
大門走進宮中。從者分立殿下，楚臣伴晏嬰
走上殿去見楚王。楚王起身，和晏嬰行相見
禮。）

楚　王　齊王一向好！齊使好！

晏　嬰　齊國國王差晏嬰出使楚國，敬
問楚王安好！（問楚臣）並問楚
大夫安好！

　　不懂得尊重和侮辱別人的人，最終也會受到別

人的輕視和侮辱。

楚　王　　齊使請坐！

（楚王坐中間，晏嬰坐右邊，楚臣坐在左邊
相陪。楚卒甲送上酒來。）

楚　王　　（舉杯）齊使請飲酒！

晏　嬰　　（舉杯）楚王請飲酒！楚大夫請
　　　　　　飲酒！謝楚王賜飲！

（三人各飲了一杯酒。）

楚　王　　請問齊使：聞說齊國是個大
　　　　　　國，為甚麼沒有人才？

晏　嬰　　（大驚）為甚麼說齊國沒有人
　　　　　　才？楚王為甚麼如此看輕齊
　　　　　　國？

楚　王　　齊國既然是人才濟濟，為甚麼
　　　　　　派你這等人出使？豈不是使齊
　　　　　　國出醜！

晏　嬰　　（大笑）楚王有所不知！齊國派

選使臣，是嚴格地選擇過的。好的人才，派他出使到大國去；沒用的人才，就派他出使到最不行的國裏去。晏嬰是最不中用的，所以才被派到楚國來！

楚　王　（假笑）哈哈！原來如此！

楚　臣　（陪着假笑）原來如此！（又偷望着楚王，面上顯出憂慮的樣子。）

楚　王　齊使不要說笑話了！（假笑，但面上滿現着憂慮的樣子。）

晏　嬰　晏嬰豈敢多說笑話！楚王有問，不敢不答。

楚　王　（向楚臣）齊使真會說話！寡人要被他難倒了。（連望了楚臣兩

眼。）

晏　嬰　豈敢！

楚　臣　齊使真會說話！怪不得齊國號
　　　　稱大國！（面上現出十分恐慌的
　　　　樣子。）

（楚卒甲再上殿來替三人斟了酒。）

楚　王　（舉杯）齊使多飲一杯！

楚　臣　（舉杯附和楚王）齊使多飲一
　　　　杯！

晏　嬰　（舉杯）謝楚王賜飲！

（三人各飲了一杯酒。）

（楚卒甲又上殿來替三人斟酒。）

楚　臣　（問楚卒甲）今天外面可有甚麼
　　　　事？

楚卒甲　稟大夫：沒有甚麼事。

楚　臣　你出去打聽，有甚麼事，進來

報告。

楚卒甲　　得令！（下）

楚　王　　（舉杯）齊使再飲一杯酒！

晏　嬰　　謝楚王！酒已多了！

楚　臣　　（舉杯）何妨寬飲一杯！

楚　王　　寬飲一杯無妨！

晏　嬰　　既蒙楚王、楚大夫相勸，不敢
　　　　　不飲，再飲一杯！

（三人各飲了一杯酒。）（楚卒甲上）

楚卒甲　　稟大夫：今天城裏捉到一名強
　　　　　盜。

楚　臣　　強盜？楚國城裏，竟有強盜！
　　　　　莫不是弄錯了麼？（作懷疑的
　　　　　樣子。）

楚　王　　無妨，帶他來！看是甚麼樣人。

楚　臣　　（向楚卒甲）你去帶他來，殿下

親自審問。

楚　卒　　得令！（下）

楚　王　　（向晏嬰）齊使不要見笑！楚國
　　　　　城內，竟有強盜！（故意做出
　　　　　驚訝的樣子，但是面上仍浮着快
　　　　　樂的笑容。）

晏　嬰　　豈敢！但也深悲楚國不幸，城
　　　　　裏竟有強盜！（說罷，望了楚王
　　　　　一眼。楚王把面避過去。）

楚　臣　　楚國真是不幸！

（楚卒甲上）

楚卒甲　　稟大夫：盜強已帶來了！

楚　臣　　帶上殿來！

楚卒甲　　（向殿下）把強盜帶上殿來！

（宮外楚卒二人，楚吏一人，擁強盜上殿。
強盜的手腳都用鐵鏈鎖住了。）

楚　王　（向楚臣）你且審他！

楚　臣　（向強盜）你為甚麼做強盜？你冤枉麼？

強　盜　我一時起了貪心，便做了強盜！沒有冤枉，請大夫從寬發落。

楚　臣　既然做了強盜，就不可寬恕！

楚　王　（向楚臣）他為甚麼不像是楚國人？（假作吃驚的樣子。）

楚　臣　是的！實在不像楚國人。（向強盜）你是楚國人不是？

強　盜　不是！

楚　臣　（吃驚）你是哪一國的人？

強　盜　我是齊國人。

楚　臣　（假作大驚）齊國人？

強　盜　齊國人。

楚　臣　　（向楚吏）齊國人？我沒有聽錯麼？

楚　吏　　齊國人。他是齊國人，大夫沒有聽錯。

楚　臣　　（向晏嬰）原來他是齊國人！想不到齊國人會做強盜！

（楚吏和楚卒都暗笑。）

楚　王　　這是很不幸的事！齊國人會做強盜！

（楚王和楚臣面上顯出得意的樣子。）

楚　臣　　這真是不幸！齊國人會做強盜！

晏　嬰　　（向楚臣）請問楚大夫：這一名強盜，是在楚國捉到的，還是在齊國捉到的？

楚　臣　　（向楚吏）齊使問：這一名強盜

是在楚國捉到的，還是在齊國

捉到的？

楚　　吏　　稟大夫，轉告齊使：這一名強

盜，是在楚國捉到的。

（楚王及楚臣面色都改變了。）

晏　　嬰　　這真是一件不幸的事！齊國的

人，在齊國不會做強盜；一到

楚國來，就做強盜！楚國真不

是個好地方，好人到了楚國也

變壞了。

楚　　王　　（假笑）哈哈！齊使又說笑話

了！

楚　　臣　　（假笑）哈哈！齊使又說笑話

了！

晏　　嬰　　哈哈！

（吏卒及強盜都笑起來。）

楚　王　　哈哈！失敗了！

（閉幕）

人才濟濟：濟濟，眾多的樣子。形容有才能的人很

　　　　　多。

從寬發落：指被人放過，處罰得很輕。

車夫之妻

本劇説明

　　本劇是關於晏嬰與車夫張三的故事。當時晏嬰是齊國的宰相（古代級別最高的行政官員），深受老百姓愛戴。張三是晏嬰的車夫，自以為很了不起，為人驕傲、勢利。後來他接受了妻子的勸告，改正過來，晏嬰因此推舉他做官。

第一幕　求差

登場人物　張三（齊國宰相晏子的車夫）　張三
　　　　　妻　李四（張三的朋友）（皆古裝）

佈　　景　一個古代的普通家庭的內景。（即張三
　　　　　的家庭，一切的情形都須和張三的身份
　　　　　相稱。）

開　　幕　張三妻在室內做女工。

張　　妻　（停了工，抬頭望望天。）這時
　　　　　候他應該回來了。

（張三匆匆上）

張　　三　今天回來得遲了！

張　　妻　（丟下手裏的工作）啊！你回來
　　　　　了！正好，不算遲，李四約定
　　　　　今天來看你，他也沒有來。

張　三　　是的！我也因為他約定了要來看我，我本想早一些回來，偏偏反而遲了一刻。

張　妻　　為甚麼遲了一刻？

張　三　　主人和我多說了幾句話，便多耽擱一些時候。（做出驕傲的樣子）

（李四上）

李　四　　張三在家麼？

（張三及張妻到門前歡迎。）

張　三　　啊！正在說起你，你為甚麼來得這樣遲？

李　四　　恐怕來早了，你不在家。你是個忙人。（露出羨慕的樣子。）

張　三　　（大喜）是啊！我也剛才回來。

張　妻　　李四叔近來好啊！

李　四　　　謝謝你！很好！嫂嫂好啊！

張　三　　　裏面坐罷！

(張三、李四，齊往室內坐下。)(張妻下)

李　四　　　你忙啊！你是宰相家裏的人，
　　　　　　真應該忙。

張　三　　　今天回來得很遲，就是因為宰
　　　　　　相和我多説了幾句話。

李　四　　　(豎起右手的拇指) 了不得！我
　　　　　　們齊國許多的文武官員，宰相
　　　　　　一年也難得和他們説一句話！
　　　　　　也有的一生一世沒有和宰相説
　　　　　　過話！你卻天天同宰相説話！

(張妻端茶兩盞上)

張　妻　　　李四叔請喝茶！(把一盞茶遞給
　　　　　　李四，另一盞遞給張三。)

李　四　　　謝謝你！

（張妻在張三旁邊坐下）

張　三　　我張三雖是車夫，卻天天和宰
　　　　　相說話。（露出驕傲的樣子）哈
　　　　　哈！

李　四　　許多文武官員，想做車夫還做
　　　　　不到！

（張妻作驚疑的樣子）

張　三　　（向李四）哈哈！說哪裏話！

李　四　　（低聲）不瞞你老兄說，今天來
　　　　　拜訪你，就是⋯⋯

張　三　　哦！（笑）我知道了！我們是
　　　　　好朋友，我總會照應你。你放
　　　　　心，等機會罷！

李　四　　我也不敢妄想甚麼好事，只要
　　　　　在相府裏做個門丁，或是做廚
　　　　　子就好了。事成了以後，再重

謝你！

張　三　（驚）啊呀！你的志氣倒不小！門丁和廚子都是重要的職務，如何容易謀得到！（面上露出不快樂的樣子）

李　四　只要憑你老兄一句話，哪有不容易謀到的道理！萬一門丁和廚子的職務謀不到，隨便甚麼職務都行！就是掃地、抹桌子都好。

張　三　這個我自然替你留心，我們都是好朋友。

李　四　多謝你的好意，事成以後，再重謝你！如今便告別罷！（立起身來，向外走。）

張　三　無妨，再坐一會。（也立起身來。）

（李四向外走，張三和張妻都送到門前。李四下。張三及張妻回到室內坐下。）

張　妻　　相府裏的門丁和廚子的職務也不容易謀到麼？

張　三　　是的！你要知道，全國有幾個宰相？

張　妻　　宰相不也是和我們一樣的人麼？（露出驚疑的樣子）

張　三　　哈哈！這是甚麼話？宰相和我們是一樣的人？哈哈！……我和你說也說不明白，明天宰相出來，要從我們門前走過，你躲在門後看罷！看看宰相的威風。

張　妻　　（疑）宰相的威風？……

張　三　　你明天看罷！……

（閉幕）

第二幕　見相

登場人物　晏子（齊國的宰相，身材矮小，古裝。）
　　　　　張三（如前幕）張三妻（如前幕）卒甲
　　　　　卒乙　行人甲　行人乙（皆古裝）

佈　　景　張三家的外景。門臨大道，道旁有大樹
　　　　　兩株。門半開。

開　　幕　張三妻立門前。另有行人甲，行人乙坐
　　　　　樹下。

張　妻　　他説今天宰相出來，要從我們
　　　　　門前走過，叫我躲在門後看
　　　　　看。這時候怕要來了，讓我見
　　　　　識見識宰相。

行人甲　　人家説：我們齊國的宰相，真
　　　　　是個好人；只是他的那個車夫

不太好，常常依靠宰相的勢
力，欺侮別人！

行人乙　　老兄！少說罷，何必多管閒事
呢？（低聲）這裏就是他家門
口。你不知道麼？

行人甲　　（驚）原來如此！（向前望，望
見張妻。大驚。）

行人乙　　老兄！你不要多管閒事。你不
是允許了我，今天請我喝酒
麼？這時候，正好往街上去找
個酒店喝三杯了。

行人甲　　我走得乏力了，再坐一下也無
妨。好兩株大樹！我真捨不得
離開這裏！

行人乙　　你要坐到幾時呢？

卒　甲　　（在內喊）宰相來了！宰相來

了！路上一切的閒人迴避！

張　妻　　來了！（走入門裏。門略開，把
　　　　　頭伸出來窺看。）

行人甲　　呀！宰相來了！（起身）

行人乙　　宰相來了！（起身）

（卒甲，卒乙引晏子上。晏子坐車中，張三
為車夫。）

卒　甲　　宰相來了，閒人迴避！

（行人甲及行人乙方欲躲到樹後面去，已被
卒甲看見，把他們捉住。）

卒　甲　　你們是甚麼人？

行人甲　　我們是行路的人，剛從這裏走
　　　　　過。

卒　甲　　（怒）你們聽說宰相來了，為甚
　　　　　麼不迴避？

行人甲　　我們正要迴避。

行人乙	我們想瞻仰瞻仰宰相的容顏。
卒　乙	（怒）哼！一個說「正要迴避」，一個說「想瞻仰宰相的容顏」，為甚麼兩個人說的話不同？哼！你們都不是好人！
行人甲	既然是兩個人說的話，當然不能相同。我們並沒有預先商量好。
卒　甲	胡說！打！
卒　乙	打！打！

（兩人動手作要打的樣子。）

晏　子	甚麼事？且慢！
卒　甲	（向晏子）啟稟宰相：他們見宰相來了，故意不肯迴避，卻說要瞻仰宰相的容顏。不知是何用意。

晏　子	（笑）原來如此！他們既然沒有迴避，要見見我，也無妨！就叫他們來見我罷！你們不要恃勢凌人！宰相也是人，為甚麼給人看不得！
張　妻	（微歎）唉！宰相的度量真大！好個宰相！
張　三	（作驕傲狀。低聲。）鄉下人見了宰相不害怕麼？
晏　子	（正色回顧張三）甚麼話？你不許多嘴。
張　妻	（微歎）好宰相！（偷看張三，露出不滿意於張三的樣子。）
卒　甲	（帶了行人甲、乙見晏子）啟稟宰相：兩個行路人在此。
行人甲	稟見宰相！

　　身處高位的人，能夠謙虛有禮，對人和善，自然受人愛戴。

行人乙　　稟見宰相！

（兩人一齊跪下）

晏　子　　（做手勢）免禮！快快不要如
　　　　　此！快快立起來。

行人甲　　（立起）今日得見宰相容顏，十
　　　　　分榮幸！祝宰相萬福！

行人乙　　（立起）祝宰相萬福！

晏　子　　（很和氣）謝謝你們的好意！可
　　　　　惜今天我還有點公事，不能和
　　　　　你們多談！隔日再見罷！

（卒甲，卒乙引晏子繞場一周下。）

行人甲　　（笑）好宰相！

行人乙　　是啊！好宰相！

張　妻　　（開門出來）齊國有這樣一個好
　　　　　宰相！

（閉幕）

瞻仰：指懷着崇高的敬意，恭敬地看着某人或某物。

恃勢凌人：也作仗勢欺人。恃，憑借；凌：欺負。指

　　　　憑借某種權勢，欺負別人。

第三幕　規夫

登場人物　張三（如前幕）張三妻（如前幕）趙七（張
　　　　　　三的友人）

佈　　景　張三家庭的內景。同第一幕。

開　　幕　張妻坐在室內做女工。

張　妻　　（愁容）我剛才看見宰相這樣的
　　　　　和氣，又看見我的丈夫這樣的
　　　　　驕傲，好教我又氣又恨！

（張三上。）

張　三　　忙了一天，又到這時候才回來！

張　妻　　（放下手裏的工作，立起身來。）
　　　　　你回來了？

張　三　　回來了！（很快樂）你今天看見
　　　　　了宰相麼？他……他多少……

張　妻　（急説）我看見宰相了！……我今天有一件事要和你説。

張　三　（驚）甚麼事？

張　妻　甚麼事？你聽！……（停止）

張　三　甚麼事？要説便説！

張　妻　我，……我要和你離婚。

張　三　為甚麼事和我離婚？

張　妻　我不好説。……我……（語氣忽然變急）我看你不起！

張　三　（假笑）哈哈！你看我不起？你好勢利！你看見過宰相，你的眼睛就大起來，就看不起宰相的車夫了！哈哈！你好勢利！（怒目）

張　妻　（搖手表示否認）不是！不是！快快不要誤會！你做宰相的車

夫是你的本份，我不是看輕車
夫！（笑）

張　　三　（疑）你既不是看輕車夫，為甚
麼又說看不起我？你瘋了麼？
……你瘋了。

張　　妻　（笑）不是！不是！我不是看不
起車夫，我是看不起你那樣的
驕傲！你看！宰相自己是怎樣
的和氣！宰相的車夫反而倚靠
宰相的勢力待人驕傲？這豈不
要叫我羞死？

張　　三　（怒）甚麼話？這是甚麼話？

張　　妻　這是很誠實的話。

張　　三　胡說！你敢罵我？打！（打張
妻，張妻啼哭。）

（趙七上）

趙　七　　張三兄在家麼？

（張三上前迎接趙七。張妻趁空下。）

張　三　　我道是誰？原來是你。裏面
　　　　　坐，和你談談。我真氣死了！

趙　七　　為甚麼事生氣呢？

（二人同向裏走。並不同坐下。）

張　三　　不瞞你說：總是女人家的見識
　　　　　淺，她看見過宰相，就看我不
　　　　　起了！

趙　七　　（疑）竟有這樣的事？莫不是你
　　　　　誤會了麼？

張　三　　我沒有誤會。你聽我講。她
　　　　　說，她看我不起，因為我驕
　　　　　傲。又說，宰相自己倒很和
　　　　　氣，偏是宰相的車夫反而倚靠
　　　　　宰相的勢力而驕傲。……

趙　七　　哦！（沉思一回，作覺悟的樣
　　　　　　子。）是了！真是你誤會了。

（張妻送茶上，只遞茶一杯給趙七，卻不遞
給張三。）

趙　七　　（向張妻）嫂嫂請坐！張三兄誤
　　　　　　會了，你的話沒有說錯！

張　三　　（低頭沉思，作忽然覺悟的樣
　　　　　　子。）是了！是了！的確是我
　　　　　　不應該驕傲！（向趙七）不是你
　　　　　　提醒我還沒有知道。我以後便
　　　　　　要改過了，免得被女人家看不
　　　　　　起。（回顧張妻。張妻坐下，低
　　　　　　頭不語。微笑。）

趙　七　　哈哈！這是你自己能覺悟，我
　　　　　　哪裏能提醒你！

（閉幕）

第四幕　得官

登場人物　晏子（如第二幕）張三（如前）老僕（晏
子的僕人）

佈　　景　晏子家庭的內景。很樸儉。

開　　幕　老僕在室內掃地。

老　僕　　這時候宰相怕要回來了！掃地
　　　　　還沒有掃完，快點掃罷！（趕
　　　　　緊掃地）

（張三上）

張　三　　宰相就回來了！屋裏已收拾好
　　　　　了沒有？（語氣很和緩。）

老　僕　　好了！好了！就要好了！

（老僕手持掃帚，誤觸張三的衣裳。）

張　三　　你慢慢的整理，不要慌。宰相

還有一會兒再來。

老　僕　張三爺！請你原諒！弄污了你
　　　　的衣服。

張　三　（自己撲去衣裳上的灰塵）不要
　　　　緊！不要緊！你管你去掃地
　　　　罷！（晏子上）

張　三　（回頭見晏子）宰相來了！（很
　　　　和緩）

晏　子　張三！我問你一句話。

張　三　宰相問甚麼話？

晏　子　你和他（指老僕）說的話我都聽
　　　　見了。你平時是怎樣的驕傲，
　　　　怎樣的勢利；今天你和他說
　　　　話，卻又為甚麼這樣的和氣？

張　三　啟稟宰相：我以前驕傲、勢
　　　　利，是我不好，幸蒙宰相大量

包容。如今我已知道不好，從今日起我已改過了。

晏　子　（笑）哈哈！你能改過，真是好事！

（此時老僕已匆匆的將室內整理好。老僕下。晏子一面說，一面走向桌前坐下。張三跟着走去，立在晏子身邊。）

晏　子　我且問你：（向張三）你為甚麼忽然改過？

張　三　（很恭敬）不敢不直告宰相：前天宰相出門，我妻看見宰相是這樣的和氣；我不過是宰相的車夫，卻倚靠宰相的勢力而驕傲。她就看我不起，和我爭吵，要和我離婚。因此我便覺悟到是我不好，發誓改過。宰

相尚且這樣的和氣，我是宰相
的車夫，不應該更要和氣麼？

晏　子　（大笑）哈哈！原來如此！你妻
很有見識。但你知過能改，倒
也很難得！

張　三　我妻教訓了我一頓，我還沒有
覺悟，反而錯怪了她。又遇着
我的朋友趙七提醒了我，我才
覺悟過來。

晏　子　（笑）原來如此！你有賢妻，又
有好友，這真是你的福氣！但
我有你這樣的一個車夫，也是
我的福氣！

張　三　宰相說的話，車夫不敢當。

晏　子　說哪裏話！你妻，你友，都
有見識；你能改過自新，也

是好人。車夫的職業也不一定是低，況且人格好，那更是值得欽佩的！如今朝中的官，也未必人人都比你們好。明天在國王面前，我就薦舉你做個大夫罷。趙七呢，我也薦舉他做官，好麼？

張　三　　不敢！不敢！

(晏子先下)

張　三　　(四顧無人，微歎。)唉！可憐李四託我謀一個宰相家守門的職務還謀不到；趙七卻不費力，安安穩穩的得到一個官！

(老僕上)

張　三　　(向老僕作揖)多謝你！多謝你！

老　僕　　（大驚）甚樣事？甚麼事？……

（閉幕）

薦舉：古代選取官員的方法，指由他人推選一個有才

能或者品德很高的人去做官。

蘇武牧羊

本劇説明

　　蘇武，漢朝武帝時候（距今二千一百多年）的人。他出使匈奴後，匈奴王不肯放他回去，還把他拘留在北海的海邊牧羊。本劇就是講述蘇武出使匈奴的故事。劇中出現的李陵，本是漢朝的將領，也是蘇武的朋友，因為打敗仗而投降匈奴。「單于」是匈奴領袖的稱號，「單」在這裏粵音讀作「善」。

第一幕　出使

登場人物　匈奴王（匈奴古裝）番臣甲　番臣乙　番
　　　　　兵若干人（皆匈奴古裝）蘇武（漢使臣，
　　　　　中國古裝。手持漢節）

佈　　景　匈奴帳幕的內景。

開　　幕　匈奴王坐帳幕中。番臣甲，番臣乙分立
　　　　　左右。番兵若干人立帳幕外。

番臣甲　　啟稟單于：聞說漢廷派遣使臣
　　　　　來到本國，一二日內便可到
　　　　　了。不知單于有何囑咐？

匈奴王　　他們派遣來的是甚麼人？

番臣甲　　他們派遣來的使臣，名叫蘇
　　　　　武！

匈奴王　　（驚）蘇武麼？這人很能幹。他

來了，你們不要放他回去，一定要勸他投降！……但也不要難為了他！

番臣甲　　單于何以知道蘇武很能幹？

匈奴王　　這是我聽到李陵說的。李陵沒投降時，他在漢廷，和蘇武是很好的朋友；後來李陵降了本國，他常常向我說起蘇武，所以我知道蘇武是很能幹的。難得他出使到本國來，這真是天賜與本國的，你們切不可放他回去。

（顧番臣甲，又顧番臣乙。）

番臣甲　　曉得！

番臣乙　　曉得！

（一番兵上，跪在匈奴王面前。）

番　兵	啟稟單于：漢使蘇武到了。
匈奴王	(驚)蘇武到了？今在哪裏？
番　兵	今在帳外。
匈奴王	傳他進來！
番　兵	曉得！(下)
匈奴王	(向番臣甲)剛説起蘇武，蘇武就來了。想不到他來得這樣快！
番臣甲	想不到他來得這樣快！
番臣乙	想不到他來得這樣快！

(番兵引蘇武上，蘇武見匈奴王及番臣甲、乙。)

蘇　武	漢天子派使蘇武問單于安好！
匈奴王	漢天子安好！使臣遠來辛苦！
蘇　武	謝單于！蘇武遠來，一路平安！

（蘇武呈上國書。單于令番臣甲讀國書。）

匈奴王　　使臣遠來，一路辛苦；既已來
　　　　　此，就不必再回去罷！

蘇　武　　（大驚）單于説得好話！我蘇武
　　　　　是出使到貴國來，呈遞國書；
　　　　　取得單于回書之後，便要回
　　　　　去。如何説不必回去？縱然道
　　　　　途遙遠，往來辛苦，難道來得
　　　　　便去不得？

番臣甲　　漢使有所不知，單于留漢使不
　　　　　要回去，乃是單于的一番好
　　　　　意，請漢使不要誤會了。漢使
　　　　　在敝國比回到貴國去好啊！

蘇　武　　這話説差了，貴國雖好，究是
　　　　　他鄉，敝國雖不好，終為故
　　　　　土。我蘇武出國未久，難道便

忘記了祖國麼？

番臣乙　漢使息怒！你的話也說得太過了些。

蘇　武　蘇武的話並沒有太過。竟要我蘇武投降，真是說差了！

匈奴王　哪裏話？誰曾說要漢使投降？

蘇　武　既然蘇武久居貴國，不要回去，這豈不是叫蘇武投降？

匈奴王　（注視番臣甲）你聽他的話好強硬！（以目示意）

番臣甲　（向蘇武）勸漢使不要固執了！漢使已到敝國，單于不放你回去，你又怎樣？

蘇　武　（大笑）哈哈！想不到貴國待遇使臣如此無禮。單于要知道，降不降乃是各人自己的志願。

自己不願降，單于又怎能逼得我降？

匈奴王　哪裏話？誰曾説要漢使投降？（回顧番臣乙示意）

番臣乙　漢使差了！單于本無意要漢使投降，漢使如此説，豈不怕惹動單于發怒！難道單于拘禁不得你麼？

蘇　武　單于不必拘禁，讓我蘇武爽快説一句：單于能放我回去，便放；如不放我回去，我蘇武便在此自盡了，豈不省得多少事！（拔出身邊帶的刀，要自殺。番臣甲、番臣乙，及番兵忙來救護。）

番臣甲　死不得！死不得！有話好説。

番臣乙　　死不得！死不得！快快不要如
　　　　　此！

匈奴王　　（搖手）快快不要如此！……好
　　　　　個強硬的漢子！

（閉幕）

第二幕　牧羊

登場人物　蘇武（裝飾如前，手中仍持漢節。）李
陵（本是漢人，蘇武友，後降匈奴。此
時作匈奴裝。）番兵二人（匈奴古裝。）

佈　　景　一個冬季的海濱地方。氣候極冷，地上
堆滿了雪。有羊十幾隻，臥在雪地上。

開　　幕　蘇武手持漢節坐在雪地上。羊向他叫。

蘇　　武　我蘇武為漢朝出使，到匈奴
來，被匈奴王拘留在北海邊牧
羊。他們說：只要這幾隻羊生
了小羊就放我回去。（向羊）
羊啊！你們幾時才生小羊呢？
（羊叫。）
這天氣又冷，我肚子又餓！好

教我難受！匈奴王！匈奴王！

任使你怎樣待我，要我死是做

得到，要我降是做不到。

（李陵上）

李　陵　　子卿！子卿！

蘇　武　　是誰叫我？（見李陵）哦！原來

　　　　　是少卿！

（番兵二人暗上。）

番兵甲　　我們且坐在這裏，聽他們說些

　　　　　甚麼。

番兵乙　　好！我們坐在這裏，聽他們說

　　　　　些甚麼。

李　陵　　（四面望望，卻沒看見番兵。）子

　　　　　卿！你太辛苦了！

蘇　武　　沒有甚麼辛苦！我蘇武死也不

　　　　　怕，哪怕辛苦！只望這幾隻羊

生了小羊，他們就可放我回去了。

李　陵　子卿！你錯了！這都是他們騙你的話，他們哪裏肯放你回去！你看！這些羊都是公羊，哪裏會生小羊呢？

蘇　武　（微笑）原來如此！他們也不必用這些心思，我蘇武死在這海邊就完了，何必要騙我？

李　陵　子卿差了！子卿既已到此，與其在海邊凍死，餓死，何不暫時⋯⋯

蘇　武　（驚）暫時？暫時降匈奴麼？

李　陵　（四面望望，仍沒有看見番兵。）暫時假降，遇有機會，不好再逃回漢土麼？

蘇　武　這是甚麼話？先降了匈奴，是
　　　　對不住漢朝；既降匈奴，又背
　　　　匈奴，也對不住匈奴，這樣兩
　　　　重不忠的事，我蘇武哪裏肯
　　　　做！

李　陵　（有些慚愧的樣子）子卿説得好
　　　　話！

蘇　武　少卿！不用多説了！天氣冷，
　　　　你早些回去罷！

李　陵　子卿！你的話也有理，但是你
　　　　盡了你的忠，你餓死，凍死在
　　　　這裏，有誰知道？

蘇　武　我盡我的忠，我只要我的良心
　　　　對祖國無愧就是了。我哪裏是
　　　　要人知道！難道自古至今為國
　　　　盡忠的都是為了要名譽麼？

　　無論面對多麼惡劣、艱苦的環境，都不應該放棄希望和氣節。

番兵甲　好個硬漢子！

番兵乙　（指李陵）他是誰？

番兵甲　他叫李陵。他原是漢人，後來
　　　　投降我們匈奴了。

番兵乙　他就是李陵麼？

番兵甲　是的。我們不要讓他們看見，
　　　　再聽他們說些甚麼。我們好回
　　　　去報告單于。

蘇　武　少卿！這樣冷的天氣，你不如
　　　　早些回去罷。

（羊叫。蘇武回頭照顧羊。）

李　陵　你還望牠們生小羊麼？（有些
　　　　譏笑的樣子。）

蘇　武　我知道了！我不是想回去，我
　　　　只預備死在這海邊。

李　陵　子卿！我苦心勸你，你不聽我

的話，我也只好回去了。（流淚）唉！子卿！你自己保重！

番兵甲　好個強硬的蘇武！（走近一些。）

番兵乙　好個強硬的蘇武！

李　陵　（驚）這是誰？（回頭看見番兵）原來是你們！這樣大冷天，到這裏來做甚麼？

番兵甲　你問我？你自己來做甚麼？

李　陵　你管我的事？（舉手欲打番兵。）

蘇　武　少卿！由他去罷！你看天下雪了，回去罷！

番兵乙　不要打架了！這樣冷的天氣，還不回去麼？你看！又下雪了！

（雪越下越大。）（羊叫。）

（閉幕）

第三幕　還使

登場人物　匈奴王（同第一幕）番臣甲　番臣乙　番兵
　　　　　若干人（皆同第一幕）漢使（中國古裝）

佈　　景　同第一幕

開　　幕　同第一幕

番臣甲　　啟稟單于：這回漢廷又派遣使
　　　　　臣來了，不日可到。不知單于
　　　　　有何吩咐？

匈奴王　　漢使來了，他若問起蘇武，你
　　　　　們只説不知，切不可説蘇武今
　　　　　在海邊牧羊。

番臣甲　　曉得！

番臣乙　　曉得！

（番兵上，跪在匈奴王面前。）

番　兵	啟稟單于：漢使來了，今在帳外。
匈奴王	漢使來了，引他進來。
番　兵	曉得！（下）
匈奴王	（向番臣甲、乙）切不可使他知道蘇武今在海邊。

（番兵引漢使上。漢使見匈奴王與番臣。）

漢　使	漢天子派遣使臣問單于安好！
匈奴王	漢天子安好！漢使遠來辛苦了。
漢　使	為國家事，敢言辛苦！使臣此次遠來，一則問單于安好，二則迎接蘇武回去！
匈奴王	（佯驚）蘇武？他……他……他不是早已回去了麼？
漢　使	（驚）沒有回去。

番臣甲　　沒有回去麼？

番臣乙　　沒有回去麼？

匈奴王　　既然沒有回去，如今他在何
　　　　　處，我們也不知道。（向番臣
　　　　　甲、乙）你們知道麼？

番臣甲乙　（齊答）我們也不知道。（面上
　　　　　露出不安的樣子。）

漢　使　　單于不知道，使臣卻知道。

匈奴王　　（大驚）漢使知道他在何處？

漢　使　　單于肯放他回去，使臣便說；
　　　　　單于如不放他回去，使臣也不
　　　　　必說。

匈奴王　　（躊躇）只要……只要我知道
　　　　　他在何處，哪有不放他回去之
　　　　　理。（態度極不安定。）

漢　使　　啟稟單于：蘇武今在貴國北海

邊牧羊！

匈奴王　蘇武今在敝國北海邊牧羊？
　　　　（佯驚）我們如何一點也不知
　　　　道。（顧番臣甲、乙）

番臣甲　請問漢使何以知道蘇武在敝國
　　　　北海邊牧羊？

番臣乙　是啊！漢使如何知道？莫不是
　　　　隨口亂說？

漢　使　使臣也不知道，是漢天子知道
　　　　的。

匈奴王　（大笑）漢天子遠隔萬里，如何
　　　　能知道？（現出快樂的樣子）（番
　　　　臣甲、乙都大笑。）

漢　使　漢天子也不知道，是蘇武寫信
　　　　給他，告訴他的。

匈奴王　（疑）蘇武的信？是誰替他送去

的？莫不是假的？

漢　使　不是假的！漢天子在園中射雁，那雁腳上帶了一封書信，拆開一看，乃是蘇武寫給他的。漢天子知道蘇武在貴國北海邊牧羊，備受饑寒之苦，故派遣本臣來迎接他回去。

匈奴王　（大驚）雁也替他傳帶書信？

漢　使　（堅決地説）雁也替他傳帶書信！

匈奴王　（變色）如此豈非天意？

漢　使　正是天助蘇武！

匈奴王　實告漢使：蘇武在北海邊，我們本不知道。今既有蘇武給漢天子的書信為憑，他一定是在那邊了。我們並無意要留他在

這裏。難道我們匈奴國中缺少了一個牧羊的人，要他替我們牧羊？（顧番臣甲、乙。）

番臣甲　單于說得是！

番臣乙　他年紀老了，牧羊也不及一個童子好！

漢　使　（暗笑）敬謝單于！釋放蘇武回去！

匈奴王　不必謝！我決意讓他回去！

番臣乙　（拉番臣甲走遠些，低聲說）雁替蘇武帶信？好奇怪！莫不是漢使造的謠言？

番臣甲　（搖手）單于已經深信不疑了，我們不必多話。明天預備送蘇武起程罷！（番臣乙點頭。）

（閉幕）

佯：假裝的意思。

躊躇：指猶疑不決，拿不定主意。

第四幕　話別

登場人物　　蘇武（同第二幕）李陵（同第二幕）番
　　　　　　兵二人（同第二幕）

佈　　景　　同第二幕。

開　　幕　　天正在下雪，蘇武坐在海濱雪地上。有
　　　　　　羊十幾隻在他的身邊。

蘇　武　　好雪！好雪！

（李陵攜帶食物及酒上。）

李　陵　　子卿！子卿！

蘇　武　　是誰在叫我？（見李陵）原來是
　　　　　少卿！

李　陵　　子卿！單于許你回漢土去了！

蘇　武　　休説笑話！單于哪裏肯放我回
　　　　　去！

李　陵　　不是笑話。單于信了漢使的
　　　　　話，說你有書信寄與漢天子，
　　　　　……

蘇　武　　（搖頭）我沒有信寄與漢天子。
　　　　　少卿！你想！有誰能替我寄信
　　　　　去？

李　陵　　（笑）有天空中飛的雁替你寄信
　　　　　去。

蘇　武　　這更是笑話了，哪裏有天空中
　　　　　飛的雁能替人寄信？

李　陵　　（搖手）且慢說！（四處望了一
　　　　　望，看不見人。）子卿！我也知
　　　　　道這是假話。這全是漢使造出
　　　　　來騙單于的話，他不知怎樣打
　　　　　聽到你在海邊牧羊，他便造出
　　　　　雁替你寄信的話欺騙單于，希

望單于放你回去。果然，單于
信了他的話，已經允許放你回
去了。我今天帶了一些酒食來，
和你話別，天氣冷，我們痛飲
一杯罷！（佈置酒杯，替蘇斟了
一杯酒，自己也斟了一杯酒。）

蘇　武　呵呵！原來如此！照你說，是
單于真已允許放我回去了。

李　陵　這個消息是很確實的，李陵哪
裏敢和老友說笑話！想你不久
便要起程，從此你在中國，我
在外國，今生恐沒有再見之期
了。（流淚。）

蘇　武　少卿不要過於悲傷！我們且飲
酒罷！（飲了一杯。）

李　陵　（也飲了一杯酒。）子卿！你能

回漢土，我李陵獨不能回去，
叫我想起來，好不傷心！（大
哭。）

蘇　武　（揩淚）少卿！事已如此，也無
可奈何了！還是自己保重身體
為要！

李　陵　（大哭）我李陵不忠不孝之身，
不如早死為幸，還要保重甚
麼！

蘇　武　少卿休說這話！今天且多飲一
杯！這樣好的葡萄酒，在中國
真不可多得啊！

李　陵　唉！（看杯中酒）子卿！你看！
這杯中鮮紅的，是酒呢？還是
李陵的血淚？（大哭。）

蘇　武　少卿不要哭了！

（番兵二人同上。）

番兵甲　　蘇武在哪裏？蘇武在哪裏？

蘇　武　　是誰叫我？原來是你們！

番兵乙　　單于有令，釋放蘇武回漢土
　　　　　去！

蘇　武　　（見番兵）單于為甚麼要放我回
　　　　　去？他不是説，要等到這羊生
　　　　　了小羊才放我回去麼？

番兵甲乙　（同説）這我不知道，你自己去
　　　　　問單于罷！你如願意回去，就
　　　　　好回去；你如不願，也不關我
　　　　　們事。

番兵乙　　（向李陵）這位便是李陵麼？你
　　　　　來做甚麼？

李　陵　　蘇武是我的朋友，我聽他要回
　　　　　去了，來給他送行。

番兵乙　　送行麼？你們有酒喝，為甚麼不給我們喝？

蘇　武　　就請喝一杯！（斟兩杯酒遞給甲、乙。）

番兵甲　　（向李陵）你也想回去麼？

李　陵　　（哭）回去麼？回去……

番兵甲　　好好的問你的話，哭甚麼？

番兵乙　　哭甚麼？

（閉幕）

下面這些詞語，你懂得運用嗎？試試看。

瞻仰　和緩　恭敬　強硬　慚愧　躊躇

1、聽了父親的批評，他＿＿＿＿地低下了頭。

2、我們每次到北京，總要去＿＿＿＿人民英雄紀念碑。

3、在這個問題上，我們只能採取不妥協的＿＿＿＿態度。

4、他用＿＿＿＿的語氣要求我們安靜下來。

5、我＿＿＿＿了很久，還是決定跨進這道門，做一個了斷。

6、他微笑着站起來，很＿＿＿＿地向導師點了點頭。

投筆從戎

本劇說明

　　班超是東漢時代的歷史人物。他在少年時候便胸懷大志，曾經投筆自歎，說：「大丈夫當立功異域，安能久事筆硯間乎！」後來，他代表漢朝出使西域，鎮服了西域五十多國。本劇所取的材料，就是班超在鄯善國殺死匈奴使者的一段故事。

第一幕　投筆

登場人物　班超（公署書記。少年古裝。）書記甲
書記乙　僕人（皆古裝。）

佈　景　一個古代公署的辦公室，有三個人的座
位及書架等物。桌上有筆硯書牘等。

開　幕　班超和書記甲各坐在桌前，辦理文件。

班　超　（抬頭望天，微歎。）唉！悠悠
匆匆，一天又過完了！一點事
也沒有做。

書記甲　班先生！（放了筆望着班超。）
你辦了一天的公事，至少也有
一、二十件文書，為甚麼說一
點事沒有做？

班　超　老先生！你不知道。我所說的
事不是這些事。

書記甲　　（驚）不是這些事，是甚麼事？
　　　　　（注視班超。）

班　超　　我想做一點更……

（書記乙上）

書記乙　　你們又在這裏辯論了！

班　超　　隨便說說，不是辯論。

（書記乙向自己的座位坐下。）

書記甲　　班先生又在這裏發牢騷。（向
　　　　　書記乙。）

班　超　　哪裏是發甚麼牢騷！（把手中
　　　　　的筆擲下，起立，徘徊於室中。）

書記乙　　班先生嫌薪水太少了麼？你的
　　　　　薪水已經比我們多了。（望書
　　　　　記甲）我們的年紀都比你大，
　　　　　職位卻都比你低，薪水當然比
　　　　　你少。你還要發牢騷，叫我們

發甚麼？唉！唉！

班　超　兩位老前輩，不要見怪。你們
二位，志在飽暖，只要拿了薪
水，可以養家，便已心滿意
足，自然沒有甚麼牢騷要發。
我班超卻志不在此。倘然能如
我的志願，做一些事，便是餓
死凍死，倒也痛快。倘然不能
如我的志願，庸庸碌碌，隨人
俯仰，就是終身衣食無憂，也
沒有甚麼意思。（仍坐下）

書記甲　（捋捋鬍鬚）餓死凍死，倒有意
思麼？（搖搖頭）

書記乙　請問班先生想做甚麼事？做甚
麼事才有意思？

班　超　當今國家多難，外族侵凌，國

人甘心承受，毫不知恥！我想做的事，就是要怎樣反抗外族，振作漢家民族的精神，使外國人不敢輕視中國！

書記甲　（縮頭吐舌）啊呀！這是甚麼？滿朝的文武官員，都沒有辦法；我們做一個小小的書記，每月拿幾錢銀子，只要不折不扣，並不拖欠，我們就可以安心供職；我們哪裏敢談這些國家大事！

書記乙　國家大事，我們以不談為妙！

班　超　我班超不是要空談，是要實實在在的替國家做些事情，替國家爭些光榮。

書記甲　倒看不出你這個文弱書生，會

説這樣的大話。恐怕還是空談罷！

班　超　（略怒）文弱書生就做不出事情麼？你們豈不知道張良也是一個文弱書生！他卻能擊始皇於博浪沙中，佐高帝於軍幕之內，做出許多驚天動地的事來。（聲調激昂）你們知道不知道？（拍桌）

書記甲　班先生不要發怒！甚麼張郎李郎，我們一概沒有聽見過。

班　超　豈敢發怒！剛才我說的是張良，（二字格外說得清楚）不是張郎！（二字也格外說得清楚）

書記甲　（略怒）難道是我的老耳聽差了不成？就是張良（二字說得格外

清楚）在聖賢傳上也找不出這個人來。（向書記乙）你知道麼？

書記乙 （搖頭）我也不知道。

班　超 （微歎）竟糟到這樣地步，連張良也不知道。（提筆揮寫，寫完一張紙，放在桌上。把筆用力投在地上。又連拍桌幾下。）我班超從軍去了！（大聲）我班超從軍去了！（匆匆下）（僕人匆匆上）

僕　人 甚麼事？甚麼事？諸位先生不要打架。

書記甲 （拿了班超寫的字在看）讓我看他寫些甚麼。（讀）怎樣能和你們這些人在一起混？我班超從軍去了！（僕人從地上把筆拾

起來)

僕　人　　可惜！可惜！昨天買來的新
　　　　　筆，今天就擲在地上！

書記乙　　（向書記甲）他說他要從軍去
　　　　　麼？

書記甲　　（冷笑）看他往哪裏去？明天不
　　　　　是還要到這裏來麼？哈哈！

書記乙　　明天還是要來坐冷板櫈。哈
　　　　　哈！

書記甲　　哈哈！

僕　人　　他自己把筆丟掉，他明天再
　　　　　來，沒有筆給他了。看他明天
　　　　　拿甚麼東西寫字！

書記甲　　哈哈！妙！妙！

書記乙　　哈哈！

（閉幕）

　　懷有遠大志向的人，經過不懈的努力，總有一
天會成就大業。

庸庸碌碌：指一個人很平凡，沒有突出的地方。

隨人俯仰：指沒有主見，隨波逐流。

第二幕　出使

登場人物　鄯善國王（古代外國國王裝）番臣甲 番臣乙（皆古代外國卿相裝）番兵若干人（皆古代外國兵裝）班超（漢使臣裝）

佈　　景　鄯善國營帳的內景。

開　　幕　鄯善國王坐營帳內。番臣甲、乙分坐左右。番兵若干人站在前面。

番臣甲　　聽說漢家新派使臣班超出使到我國來，今日就要覲見國王，不知國王有何吩咐！

鄯善王　　我們只好好的招待他。看他怎樣說，我們便怎樣答。

番臣乙　　聽說班超很是能幹。他是個做書記的出身，後來投筆從戎，領兵打仗，一戰就打敗了伊

吾，因此名震遠近。今番出使
到我國來，我們應該好好的招
待他，留心防備他。

（一番兵匆匆上，跪在國王面前。）

鄯善王　　就請他入營帳相見！

番　兵　　得令！（下）

鄯善王　　（顧番臣甲）你們好好地招待
　　　　　他，留心防備他。（又回頭顧
　　　　　番臣乙）

番臣甲　　曉得！

番臣乙　　曉得！

（番兵引班超上。）

番　兵　　啟稟國王：漢使班超來了。

（班超與鄯善王行相見禮。）

班　超　　班超奉漢天子命，出使鄯善
　　　　　國，敬問大王安好！

鄯善王　　多謝漢天子！漢天子安好！漢使安好！漢使遠道行來，一路辛苦！

班　超　　多謝大王慰勞，使臣敢辭辛苦！（班超又和番臣甲、乙行相見禮。）

班　超　　鄯善國卿相安好！

番臣甲乙　（齊說）漢天子安好！漢使安好！

鄯善王　　漢使遠來，不知同來的有多少人？

班　超　　同來的有三十六人。

鄯善王　　（顧番臣甲）吩咐招待員好好地招待和漢使同來的漢人。

番臣甲　　（向番兵）國王有令：吩咐招待員，好好地招待和漢使同來的

漢人。

（一個番兵走向前來。）

番　兵　　得令！（下）

班　超　　謝大王的厚意！

番臣甲　　漢使遠道而來，同來的只有三
　　　　　十六人，豈不太少！

班　超　　卿相差了！班超奉使前來，只
　　　　　為向鄯善國王問安，以通兩國
　　　　　的和好；只須一人已足，何必
　　　　　更要多人。三十六人只覺其
　　　　　多，未見其少。

番臣甲　　一時失言，請漢使不要見怪！

班　超　　哪裏話！

番臣乙　　漢使不嫌簡陋，可在敝國多住
　　　　　幾天。

班　超　　使臣此來，一則奉漢天子命，

向大王問安；二則傳漢天子意，請貴國不要誤信了匈奴之言，因而失去兩國的和好。使事既畢，便要回漢，不必多住，有勞招待。

鄯善王　敝國與漢家本來和好，那肯妄信匈奴之言，因而失和。

（看兵送酒上）

班　超　如此真是兩國之福！

鄯善王　敝國誓不聯匈反漢！（舉酒杯）請漢使飲酒！

班　超　（舉酒杯）請大王飲酒！（向番臣甲、乙）請卿相飲酒！

（四人各飲酒一杯）

班　超　大王不聯匈反漢，真是兩國人民之福！不然，兵連禍結，貽

害無窮。漢家天子雖不怕大
王，但使兩國無辜人民慘遭兵
禍，豈不可悲可痛！

鄯善王　　漢使放心！請傳語漢家天子：
　　　　　敝國決不聯匈反漢！

（番兵匆匆上，手持書信，跪國王前。）

番　兵　　啟稟國王：匈奴國差人送信
　　　　　來，有信在此。（遞上信）

鄯善王　　（接信）看他說些甚麼。（讀信）
　　　　　呵呵！果然不出漢使所料：匈
　　　　　奴王約我聯匈攻漢！……（顧
　　　　　班超，又顧番臣甲、乙。）呵呵！
　　　　　我哪裏肯妄信他的話！（向番
　　　　　兵）吩咐來吏回去，說我沒有
　　　　　回信。

（又一番兵手持書信上，跪在國王面前。）

番　兵	啟稟國王：匈奴國又差一個人送第二封信來。有信在此。(將信遞上)
鄯善王	(怒) 又有信來！(接信，不讀，把他撕碎。) 吩咐來使趕快回去；如不回去，我便把他殺掉！
番臣甲	(顧番兵) 吩咐來使趕緊回去！
番臣乙	(顧番兵) 吩咐他趕緊回去！千萬不要再來！千萬不要再來！

(閉幕)

第三幕　定計

登場人物　班超（如前）漢人三十六個（隨班超到
鄯善國來的；皆古代漢裝。）番僕一人
（古代外國裝）

佈　　景　一座鄯善國的營帳的內景。（是鄯善國
給班超等人住的地方。）

開　　幕　班超坐營帳中，三十六僕人環坐其旁。

班　超　今天約諸位在一起談談，報告
一些消息，並討論對付的方法。

漢人甲　不知有何消息？大使有何高
見？如何對付？

班　超　我們到鄯善國匆匆已經多日
了。本來我們辦事很得心應
手。鄯善王已經面允我，拒絕

那聯匈反漢之計。不料這幾天形勢忽然轉變，鄯善王對我很冷淡，連次去請見他，他都拒絕了我，不肯和我相見。

漢人乙　鄯善王的態度忽然轉變，不知是甚麼緣故？

班　超　我想沒有旁的緣故，只不過匈奴又派了人來，鄯善王信了他的遊說，重行提議聯匈反漢的老計劃，所以不好意思和我相見。

漢人丙　他為甚麼不好意思和你相見？

班　超　因為他以前允許了我，不和匈奴聯盟，現今自食前言，所以不好意思和我相見。

漢人丁　這樣，我們不如早些回去罷！

班　超　唉！你説得好！他既然要聯匈反漢，這時候他還肯放我們回去麼？他早已暗中派人看守好了，我們休想好好地回去！

漢人丁　（驚）啊呀！難道就死在這裏不成！

班　超　今天要和諸君討論的，就是這件事。我們如肯冒險，倒有一條生路；如不肯冒險，只好死在這裏了。（態度慷慨激昂）

漢人丁　冒險也是很危險的。

班　超　（笑）既然叫「冒險」，當然是危險。倘然不危險，又何以叫「冒險」？哈哈！（三十六人皆大笑）但是諸君不要膽怯！俗語説得好：「不入虎穴，焉

得虎子？」我們如想做一點事情，一定要不怕危險。越是不怕危險，越能做事。

漢人甲　大使的話不錯！如今且問：今日的事，如何辦法？

班　超　（立起身來，大聲說。）這個容易。只消我們「出其不意」的把匈奴的來使殺掉，然後去見鄯善王，責以大義，懾以餘威，不怕他不屈服！

漢人乙　大使的話不錯！

班　超　事不宜遲，今夜便須動手。我不先發制人，人將先發制我。

漢人丙　我們三十六人，遠在異國，如何能做殺人的事？惹出禍來，如何收束？況且匈奴有使

臣來，不知是實是虛，即使是實，也不知是住在何處。叫我們如何下手？還得從長計議！

班　超　（沉思）這話不錯，讓我想想，如何辦法。（沉思不語）

（番僕攜一大罐上）

番　僕　這是送給諸位飲的牛乳。

（把罐放在諸人面前，欲下。）

班　超　（拉住番僕）我問你：匈奴派來的使臣，住在哪裏？

番　僕　（沉默一回，然後說）沒有使臣來！

班　超　你敢說謊！我昨天親眼看見的！你說謊，我就殺掉你。（拔劍欲殺。）

番　僕　啊呀！讓我說！讓我說！匈奴

的確有使臣來。但是住在甚麼地方，我不知道。

班　超　（怒）胡說！送牛乳給我們的是你，送牛乳給他們的也是你，你怎麼不知道他們的住址？

番　僕　我實在不知道。

班　超　還說不知道？既然不知道他們的住址，為甚麼又知道他們的確來了？你的話自己前後不符！快快照實說來！不要說謊！不然，便殺掉你！（作欲殺的樣子。）

番　僕　啊呀！不要殺！不要殺！我說了！我說！他們同來的有幾十個人，都住在那一個營帳裏。離開這裏約有五六里路，帳前

有一個小湖，湖邊是一個牧場。從這裏去，須向東走，不知你要問他為甚麼事？

班　超　我問他沒有甚麼特別事情，只不過去拜訪他們。

番　僕　早知你只是要去拜訪他們，我又何不早些老實說！漢使，漢使！實在不是往東走，應該往西走。

班　超　你為甚麼不早說真話。

番　僕　我不知道你有甚麼要緊的事，我不便說。如今知道你只不過去拜訪他們，那是沒有關係的，所以我才敢說了！

班　超　（笑）哈哈！原來如此，你辛苦了，請裏面去飲一杯酒罷！

（顧漢人甲）伴他往裏面去飲

酒！（做手勢囑他將番僕灌醉縛

住。）

（漢人甲伴番僕下）

班　超　（向諸漢人）好了！他們的住址

已打聽明白了。（顧漢人乙）你

這時候一人先去認明路徑，探

清實情，我們夜裏再去襲擊。

漢人乙　曉得！（下）

班　超　諸君努力！成敗在此一舉！

諸漢人　（齊聲說）好！好！漢家萬歲！

大使萬歲！

（閉幕）

第四幕　刼盟

登場人物　鄯善王　番臣甲　番臣乙　番兵若干人　班
超（皆如第二幕）

佈　　景　鄯善王營帳的內景，如第二幕。

開　　幕　鄯善王坐營帳內，番臣甲、乙分坐左
右，番兵若干人立在旁邊。

鄯善王　今日召集諸卿，開這緊急會
議，不是為別的事，只為得商
量對付班超的事。前幾天，我
已答應了他，並不聯匈反漢，
這幾天匈奴使來，卻又說得我
的宗旨改變了，決定要聯匈反
漢。卻叫我如何對付班超？

番臣甲　班超已知道國王的宗旨改變了

麼？

鄯善王 　（搖頭）沒有沒有！他屢次來見
　　　　　我，我只是託病，不曾和他見
　　　　　過。

番臣乙 　他既然沒有知道，索性不要讓
　　　　　他知道。但國王明天一定要請
　　　　　他見見，不要使他生疑。

鄯善王 　這話說得有理！

番臣甲 　也要傳令百官，嚴守秘密，不
　　　　　要把匈奴派使前來的消息，讓
　　　　　漢使班超知道。

鄯善王 　這話更有理！

（一個番兵匆匆上）

番　兵 　（跪在王前）啟稟國王：昨夜發
　　　　　生一件極不幸的事情。（戰慄）

鄯善王 　（大驚）甚麼事？

番　兵　　不敢説。

鄯善王　　（變色）只管説，不妨！不妨！

番　兵　　昨夜三更時，漢使班超率領三
　　　　　十六個漢人，攻入匈奴使臣的
　　　　　寓所，把營帳燒光，把幾十個
　　　　　匈奴人一齊殺死！（急説）

鄯善王　　（大驚）哪裏有這樣的怪事！你
　　　　　去吩咐兵部，調齊人馬，先把
　　　　　漢使寓所圍住，把班超捉來！

番　臣　　得令！（匆匆下）

鄯善王　　班超好大膽！

番臣甲　　好大膽！

番臣乙　　好大膽！

（另一番兵匆匆上，跪在國王前面。）

番　兵　　啟稟國王：探得那漢使班超已
　　　　　將要來見國王了！（下）

鄯善王　　（驚）怎樣辦？怎樣辦？（顧番
　　　　　　臣甲、乙）

番臣甲乙　（齊說）看他怎樣說。

（班超急上）

班　超　　（大聲）漢使班超請見鄯善王！
　　　　　　大王先與班超約定，決不聯匈
　　　　　　反漢，如何後來又聽了匈奴使
　　　　　　臣的遊說，親近匈奴，疏遠班
　　　　　　超？忘義負約，是何用意？今
　　　　　　班超已把匈使數十人一齊殺
　　　　　　掉，來見大王，聽大王吩咐如
　　　　　　何辦法。

鄯善王　　這……這不關我事，都是匈奴
　　　　　　使臣的詭計！

班　超　　既然是匈奴使臣的詭計，今班
　　　　　　超已把匈奴使臣殺掉，大王可

以恢復以前的盟約了！

鄯善王　（遲疑）讓我想想。

班　超　不必多想。大王如不欲和漢家
　　　　修好，甘心受匈奴的愚弄，就
　　　　請把我班超殺掉，爽爽快快，
　　　　和匈奴聯兵攻漢。如有意和漢
　　　　家修好，不甘受匈奴的愚弄，
　　　　就請履行前約，永不聯匈反
　　　　漢，免得兩國人民，慘遭戰
　　　　禍。可否決於片言，無須多費
　　　　計較！

鄯善王　鄯善小國，哪敢違反漢家。今
　　　　與漢使立誓，永遠不聯匈反
　　　　漢！

番臣甲　漢使放心！敝國從今以後，永
　　　　遠不聯匈反漢！

番臣乙　　永遠不聯匈反漢！

（閉幕）

疏遠：指關係、感情不親近，冷淡。

字詞測試站2

人才濟濟、安安穩穩、實實在在，這些詞
語中都有疊字。在生活中，你還見過多少
有疊字的詞語呢？

形容人的神態、心理：

_____有禮　　_____可憐　　_____不休

_____在上　　_____不入　　_____於懷

_____方方　　_____吐吐　　認認_____

形容事物特點：

_____無幾　　_____有餘　　_____可危

_____一堂　　_____在目　　_____向榮

_____淨淨　　_____多多　　_____爽爽

_____齊齊　　端端_____

放賊

本劇說明

　　本劇的主角于令儀是宋代的一個商人，他幫忙賊人的故事，在當時流傳很廣。本劇就是根據有關記載改編而成。

登場人物　于令儀（中年以上，古裝。）于僕甲　于僕乙　于子（皆古裝）賊（少年，古裝。手拿一扇。）

佈　　景　一個中等家庭的書房，時已夜深，書桌上點着蠟燭。房中有書架，書架上有花瓶。

開　　幕　于令儀在書房中教他兒子讀書。

于令儀　　（向子）你把這一章書讀熟了，我們就可以去睡覺了。時候已經不大早！

（于子讀書，于令儀自己也在看書。）（賊上，躲在黑暗處。時時探首張望于令儀及于子，並做手勢。）

于令儀　　（向子）這一章書裏，是叫你們少年要能自立。倘然不能自立，

只是依靠父兄，是依靠不住的。
為父的就算有遺產給你，你只
知消費，不能生產，也有用完
的一天，況且像我這樣的人，
也沒有遺產給你！……

（賊探身向外，誤觸書架，把書架上花瓶弄
得跌下來。）

于　子　　老張！老張！

僕　甲　　（在內應）來了！甚麼事？甚麼
　　　　　事？（上）

（賊搶出，用扇撲滅于令儀手中的燭，向外
奔。門已關，匆促不及開。僕乙已另持燭
上，看見賊。）

僕　乙　　（大呼）捉賊！捉賊！

（賊慌）

僕　甲　　捉賊！

（賊躲入書架下。）（僕甲，僕乙，于子，共同尋覓一周。）

僕　甲　　在這裏！在這裏！

（僕乙上前幫助捉賊，將賊從書架下拖出來。）

于　子　　（見賊，驚。）咦！原來是你！你為甚麼做賊？

于令儀　　（急問）是誰？是誰？

賊　　　　我不是做賊，我不是做賊！

僕　甲　　打！你不是做賊是做甚麼？

僕　乙　　打賊！

于令儀　　（搖手）且慢，且慢打！問他是誰？

于　子　　就是我們鄰家的那個寶貝。

于令儀　　啊！原來是他！讓我來問他。

（于令儀走過去，賊見于令儀。）

賊　　　　于先生！饒恕我！

于令儀　　我問你：你半夜三更跑入別人
　　　　家裏，是不是想偷東西？

賊　　　　（恐懼）是⋯⋯是⋯⋯是的。請
　　　　于先生饒恕我！

僕　甲　　偷東西是小事，最怕嚇壞了主
　　　　人！

僕　乙　　該死的賊！

于令儀　　（向僕甲乙）你們不要胡鬧！
　　　　（回頭向賊。）我勸你不要做
　　　　賊！⋯⋯

賊　　　　（慚愧）唉！于先生！我哪裏喜
　　　　歡做賊？實在是沒飯吃，沒法
　　　　想啊！

于令儀　　你有了飯吃，你便不做賊麼？

賊　　　　我有了飯吃，就不做賊了！

僕　甲　　他好吃懶做，生成賊骨頭。主
　　　　　人不要聽他的話。

（于令儀不理。）

于令儀　　（向賊）你有甚麼職業？

賊　　　　沒有甚麼職業。

于令儀　　你不做事，哪裏有飯吃？

賊　　　　這要怪我的父母不好。我從小
　　　　　以來，他們沒有教我做甚麼
　　　　　事，只教我吃飯。如今錢用完
　　　　　了，他們也早已死了，只剩下
　　　　　我，沒有飯吃。種田，又不會；
　　　　　做小本生意，又沒大本錢！不
　　　　　得已，只好做賊！

于令儀　　這話也說得有理！我問你：如
　　　　　有本錢給你，你願意好好地做
　　　　　小本生意麼？

賊　　　　（感激）哪有不願意的道理！于
　　　　　先生！

于令儀　　你要多少本錢？

賊　　　　如有一千個錢，也就夠了。

于令儀　　這樣，我就送給你一千個錢，
　　　　　你好好的拿去做生意。下次不
　　　　　可再做這樣的事了。

賊　　　　（感激）謝謝于先生！永不忘記
　　　　　你的恩！

于令儀　　（向僕甲）你去取一千錢來給
　　　　　他！

（僕甲應下。）

僕　乙　　（背于令儀向賊）你……你的運
　　　　　氣真好！

（僕甲取錢一千上，交給賊。賊受錢，謝于
令儀。）

賊	于先生！（感極流淚）此恩叫我如何報答！（辭于令儀，欲下。）
于令儀	且慢，且慢！不要走！
賊	（驚。立住。）于先生！甚麼事？（露出恐懼的樣子。）
于令儀	你在這半夜三更，帶了一千錢往外面走，很不方便。如遇着查夜的人，便會把你捉去當賊辦；如遇着比你強的賊，也要在半途上搶你的錢。這樣很不方便。你不如在我家裏坐一回，等到天亮了你再去罷！
賊	真叫我感激于先生！此恩不知如何報答！（停住，不向外走。）
于令儀	（向于子）小時失學，結果如此。你也可以看看。（向僕甲

教育別人要講究方法，要以寬厚、仁慈的心對待做了錯事的人。

乙）我去睡了！你們不要難為他！（極誠懇）你們不要難為他！……

（閉幕）

字詞測試站參考答案

字詞加油站 1

1、慚愧　2、瞻仰　3、強硬　4、和緩　5、躊躇

6、恭敬

字詞加油站 2

1）彬彬有禮　　楚楚可憐　　喋喋不休

　　高高在上　　格格不入　　耿耿於懷

　　大大方方　　吞吞吐吐　　認認真真

2）寥寥無幾　　綽綽有餘　　岌岌可危

　　濟濟一堂　　歷歷在目　　欣欣向榮

　　乾乾淨淨　　許許多多　　清清爽爽

　　整整齊齊　　端端正正